DEWI, DWPSI A'R AUR

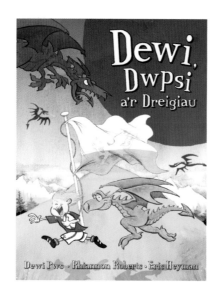

Stori ffraeth, fyrlymus ar gael gan Dewi Pws a Rhiannon Roberts gyda lluniau bywiog gan eu ffrind, Eric Heyman:

DEWI, DWPSI A'R DREIGIAU

Cymru yn erbyn Lloegr am y Gamp Lawn — ac mae'r holl ddreigiau coch ar faneri Cymru wedi diflannu!

Gwasg Carreg Gwalch £4.95

Argraffiad cyntaf: 2010

ⓗ testun: Dewi Pws a Rhiannon Roberts 2010
ⓗ lluniau: Eric Heyman 2010

Rhif Llyfr Safonol Rhyngwladol:
978-1-84527-273-9

Mae'r cyhoeddwyr yn cydnabod cefnogaeth ariannol
Cyngor Llyfrau Cymru

Cynllun clawr: Tanwen Haf/Cyngor Llyfrau Cymru

Cyhoeddwyd gan Wasg Carreg Gwalch,
12 Iard yr Orsaf, Llanrwst, Dyffryn Conwy, LL26 0EH.
Ffôn: 01492 642031
Ffacs: 01492 641502
e-bost: llyfrau@carreg-gwalch.com
lle ar y we: www.carreg-gwalch.com

Argraffwyd a chyhoeddwyd yng Nghymru

Dewi, Dwpsi a'r Aur

Dewi Pws
a
Rhiannon Roberts

Lluniau gan Eric Heyman

Gwasg Carreg Gwalch

"Brysia!" gwaeddodd mam Dewi. "Mae'r bws tu allan ac mae dy hoff frechdanau banana a mwstard coch Cymreig yn dy focs bwyd ar ford y gegin!"

Carlamodd Dewi i lawr y grisiau gan afael yn ei got a'r bocs bwyd, rhoi sws gyflym i'w fam a rhedeg i ddal y bws.

O'r diwedd, roedd diwrnod trip yr ysgol wedi cyrraedd. Taith arbennig i fwyngloddiau aur Clogau, ger Dolgellau. Roedd pawb ar y bws wedi cynhyrfu ac yn siarad a chwerthin yn uchel. I ffwrdd â nhw, gyda Mr James y prifathro yn arwain pawb i ganu 'Awn am dro i Frest, Pen, Coed.'

Yn y cyfamser, yn yr hen fwynglawdd aur yn Clogau, roedd y gofalwr, Ron Auron, wedi hen ddechrau ar ei waith. Cyn agor gatiau'r maes parcio, roedd yn rhaid agor y drysau mawr haearn i fynedfa'r mwynglawdd. Yna cynnau'r ffaglau tân a fyddai'n gwneud i'r cnapiau o aur yn y graig ddisgleirio fel miloedd o emau drud.

"Rhyfedd iawn," meddai Ron Auron wrtho'i hun. "Mae rhywbeth mawr o'i le yma heddiw."

Er ei fod wedi cynnau'r ffaglau doedd yr aur ddim yn disgleirio yn y tywyllwch. Pan aeth Ron Auron yn agosach at y graig i gael golwg fwy manwl, dechreuodd ei galon guro'n gyflymach.

"O na! Mae'r aur wedi diflannu! Mae rhywun wedi dwyn yr aur!"

Pan gyrhaeddodd bws yr ysgol y maes parcio, fe sylwodd y plant fod y gatiau wedi'u cloi, a daeth Ron Auron draw at y bws, â'i wyneb yn welw. Eglurodd na fedrai eu gadael i mewn i'r mwynglawdd nes bod yr heddlu wedi gwneud ymchwiliad manwl o'r lle.

Roedd y plant yn siomedig iawn. I'w cysuro, dywedodd Mr James y caen nhw fwyta'u brechdanau ar y lawnt y tu allan i dŷ Mr Auron.

Roedd Dewi mor ddigalon ac aeth i eistedd ar ben ei hun o dan binwydden fawr. Tynnodd un o'i frechdanau allan o'r bocs bwyd ac eistedd i lawr, yn awchu i gael ei bwyta. Ond wrth iddo eistedd, teimlodd rywbeth caled yn ei boced ôl.

"Wrth gwrs," meddai'n dawel a daeth gwên gynhyrfus i'w wefusau wrth iddo sylweddoli beth oedd yno: ei chwiban hud, a gafodd ddwy flynedd yn ôl gan gyfaill go arbennig!

Gorweddai Dwpsi'r Ddraig ar ei draeth dirgel ar Ynys Enlli. Roedd ganddo sbectol haul anferth ar ei drwyn, gwên fodlon ar ei wyneb ac roedd ei fola'n twymo'n braf yn yr haul. Roedd yn breuddwydio am wyliau dreigaidd braf mewn gwledydd poeth, yn bwyta candi-fflos du ac yn chwythu swigod coch ar ôl yfed pop folcano.

Yn ei freuddwyd clywodd chwiban trên yn canu – unwaith, ddwywaith – ond pan glywodd y chwiban yn canu am y drydedd waith, fe gododd ar ei draed wap!

"Chwiban Dewi o'dd honna! Mae'n rhaid bod rhywbeth o'i le. Dyna'r unig reswm y byddai Dewi yn ei chwythu. Awê!"

Cyn gynted ag y tynnodd Dewi'r chwiban o'i geg, clywodd
swn fel roced yn glanio uwchben, a dechreuodd y goeden
ysgwyd fel tasai daeargryn wedi'i tharo.

"Wwwpps! Aaaa! Eeeee! Ooooooo!" gwaeddodd Dwpsi wrth
iddo ddisgyn drwy ganghennau'r goeden gan losgi dail a brigau
ar ei ffordd i lawr.

Glaniodd fel sach o datws ar ei ben-ôl wrth ochr ei ffrind.
Rhoddodd Dewi gwtsh mawr o groeso iddo, ac achosodd hynny
i Dwpsi gael pwl o'r igian.

"HIC! HIC! HIC!" oedd y swn a ddaeth o geg y ddraig.
Gyda phob ig daeth cawod o huddyg o'i geg.

Eglurodd Dewi am ddiflaniad yr aur wrth i Dwpsi sglaffio brechdanau banana a mwstard coch Cymreig ei ffrind. Roedd y ddraig yn hoffi llyfu'r mwstard coch oddi ar y brechdanau ac anadlu ar y bara i'w losgi'n grimp cyn eu llyncu.

Mmm − y blas gore'n y byd i gyd! meddyliodd Dwpsi'r ddraig.

"Wyt ti'n gwrando arna i, y ddraig farus?" meddai Dewi'n ddiamynedd. Llyfodd Dwpsi ei grafangau a phwyntio i'r awyr.

"Ydw, ac mi wna i dy helpu, ond bydd angen cymorth ein cyfaill Eryl, Eryr Eryri, arnon ni hefyd."

Anadlodd Dwpsi'n ddwfn cyn poeri cwmwl bach coch i'r awyr, a ffrwydrodd hwnnw fel tân gwyllt di-sŵn filltir uwch eu pennau. Ni welodd y plant eraill unrhyw beth ond, o fewn chwinciad disgynnodd cysgod mawr drostynt, a phwy oedd yn eistedd yno rhwng y brigau ond Eryl, Eryr Eryri.

Ar ôl gwrando ar stori Dewi, eglurodd Eryl ei fod am fynd â nhw i ben Mynydd y Clogau lle roedd mynedfa gudd drwy hollt yn y graig. O'r fan honno, rhedai ogof drwy ganol y mynydd yr holl ffordd i'r mwynglawdd aur yn y gwaelod.

Roedd Eryl yn rhy fawr i fynd drwy'r hollt, felly bu'n rhaid i Dewi ddilyn Dwpsi i mewn i'r twll tywyll. Braidd yn ofnus oedd Dewi i ddechrau ond cyn bo hir gallai weld yn well, diolch i olau coch anadl tanbaid Dwpsi a'r golau arian a ddeuai o'r miloedd o bryfed tân a oedd yn byw yn y twnnel.

"Mae'n llwm iawn yma ers i'r holl aur ddiflannu, hogia," meddai Ianto, y prif bry tân. Doedd y graig ddu ddim yn adlewyrchu golau'r pryfed tân o gwbl.

"Welest ti unrhyw beth od yn ystod y nos?" holodd Dwpsi.

"Welson ni ddim byd o gwbl ond fe glywson ni oglau rhyfedd," atebodd Ianto. "Ychydig ar ôl i'r hen oglau rhyfedd ein taro, fe syrthion ni i gwsg trwm, trwm. Beth am i ni fynd i holi'r ystlumod sy'n byw yn is i lawr?"

Gydag Ianto'n arwain y ffordd, aeth y criw yn ddyfnach i mewn i'r mynydd i'r ogofâu mawr oedd yn gartre i'r ystlumod.

"Glywson ni oglau ych a fi hefyd cyn syrthio i drwmgwsg yn hongian o'r to 'ma," meddai Meurig ap Slim yr ystlum.

Cyn iddo gael cyfle i ddweud mwy cafodd pawb eu dychryn gan sŵn udo uchel a oedd yn codi o'r dyfnderoedd.

"Oooo! Na! Oooooo! Na!"

"Be sy 'na – ysbrydion?" holodd Dewi, yn llawn dychryn.

"Na, y bleiddiaid sy'n udo," eglurodd Meurig. "Dowch i weld be sy'n eu poeni."

Aeth Meurig yr ystlum â'r criw yn ddyfnach i'r ceudwll. Dyma lle roedd Bari'r Blaidd a'i deulu'n byw oherwydd roedden nhw'n gwarchod y wythïen fwya o aur pur yn y mwynglawdd.

"Ooooooo! Na! Ooooooo! Na! Dim gronyn o aur ar ôôôôôôôl!" udodd y blaidd trist. "Welson ni ddim byd ond fe syrthiodd pawb i gysgu ar ôl clywed oglau rhyfedd."

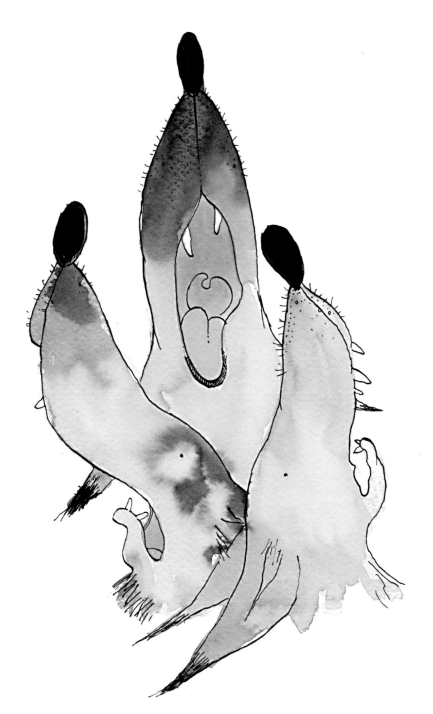

"Edrychwch, ma' darn o ddefnydd porffor yn sownd yn y graig," meddai Beti Blaidd yn gyffrous.

"Mae'r llythrennau 'W. D.' wedi'u brodio arno," sylwodd Dewi.

"Wrco Ddrwg! Y gwalch yna sy wedi dwyn yr aur i gyd!" gwaeddodd Dwpsi wrth edrych ar y darn o ddefnydd.

"Wrth gwrs!" meddai Dewi.

"Yr arogl 'na, Bari," holodd Dwpsi, "oedd e fel cymysgedd o ddŵr y môr a thraed drewllyd?"

"Oedd, oedd – yn union fel'na!" udodd y bleiddiaid. A chytunodd yr ystlumod a'r pryfed tân mai dyna oedd yr arogl ych a fi oedd wedi gwneud iddyn nhw gysgu hefyd.

"A-ha!" ebychodd Dwpsi. "Nwy Cysgu! Un o driciau lladrata dieflig Wrco Ddrwg. Cafodd ei anfon i'r carchar am wneud hynna o'r blaen."

"Oglau dŵr y môr? Hmmm?" meddai Dewi. "Falle bydd angen i ni fynd at ddŵr y môr i ddatrys y dirgelwch. A theithio'n bell . . ."

"Na, mae'n agosach nag wyt ti'n 'i feddwl," meddai Bari Blaidd. "Dewch – i byllau dirgel yr enwog Slywod Clogau."

Aeth y bleiddiaid â nhw yn ddyfnach byth i mewn i'r mynydd. Yno tyfai sawl stalactid a stalagmid yn bileri anferth o'r llawr i'r nenfwd.

23

Yn sydyn cododd pen anferth allan o un o'r pyllau duon rhwng y pileri – pen Sulwen, pennaeth Slywod Clogau.

Aeth Sulwen ati i esbonio: "Pyllau o ddŵr ffres sy fel arfer yn yr ogof hon ond pan mae'r lleuad yn llawn, bydd y llanw yn y Bermo yn codi ac yn llenwi gwely afon gudd. Wedyn bydd afon o ddŵr hallt y môr yn llifo yma aton ni."

"A-ha," meddai Dwpsi. "Roedd y lleuad yn llawn neithiwr. Mae'n rhaid mai ar hyd yr afon gudd y daeth y dihiryn, Wrco Ddrwg."

Arweiniodd Sulwen y criw yn y golau gwan ar hyd wely sych yr afon cudd. O'r diwedd, dyma nhw'n gweld llygedyn o oleuni yn y pellter.

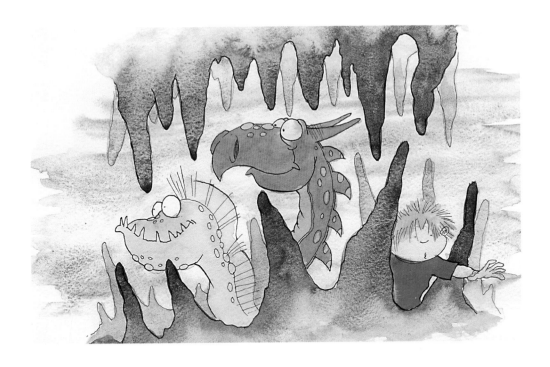

Yn sydyn fe glywson nhw gri Eryl yr Eryr yn galw arnynt. Rhuthrodd y criw at geg yr ogof.

Wrth hedfan yn uchel a syllu'n ofalus â'i lygaid craff, roedd Eryl wedi sylwi ar long môr-ladron yn llawn o aur yn hwylio ar y môr mawr ger y Bermo.

"Ie gyfeillion; Wrco Ddrwg sy wrth y llyw, yn chwerthin yn braf yn ei glogyn porffor carpiog," meddai Eryl.

"O na, rhy hwyr!" gwaeddodd Dewi, wrth iddo weld fod y llong môr-ladron yn mynd yn llai ac yn llai wrth ddiflannu tua'r gorwel.

Yn sydyn, cyn i neb allu gwneud na dweud dim, gwelsant y llong yn saethu i'r awyr gan daflu'r llwyth o aur ac Wrco Ddrwg a'i griw dieflig i ganol y tonnau.

Eiliadau yn diweddarach, saethodd Wrco Ddrwg allan o'r môr ar ben colofn o ddŵr a oedd yn tasgu o ben morfil. Mal y Morfil oedd wedi cael hanes y lladrad gan Eryl ac wedi penderfynu dial ar Wrco. Roedd wedi nofio o dan y llong a'i thaflu i'r awyr. Nawr roedd Mal wrthi'n mynd ag Wrco Ddrwg ar ben colofn o ddŵr ar daith bell, bell i ynys fach anhysbys. Byddai Wrco ddim yn ôl am sbel hir, hir iawn!

"Ond beth am yr aur? Mae'r cyfan wedi'i golli dan y tonnau, on'd yw e?" holodd Dewi'n drist.

Yn sydyn, dyma'r môr yn dechrau berwi, a throdd yr awyr yn dywyll. Roedd yr awyr yn llawn o bob math o adar yn dal rhwyd anferth. Wrth i'r darnau o aur ddisgyn i'r môr, roedd holl bysgod a dolffiniaid y bae wedi casglu'r darnau ac yn eu pasio i'r pysgod hedegog, er mwyn iddyn nhw ei penio'n fedrus i'r rhwyd – yn union fel Ryan Giggs.

Hedfanodd yr adar â'r rhwyd i ben Mynydd Clogau, a gollwng yr aur drwy'r hollt yn y graig. Erbyn i Dwpsi a Dewi gyrraedd ar gefn Eryl yr Eryr, roedd yr aur i gyd wedi diflannu i'r tywyllwch. Edrychodd Dewi ar Dwpsi gyda golwg anobeithiol ar ei wyneb.

"Aros di funud, Dewi bach!" meddai Dwpsi gan gymryd anadl hir, hir.

Chwyddodd ei frest a'i fochau'n fawr a chwythodd y ddraig fflam enfawr i mewn i'r hollt, nes i'r ymdrech godi Dwpsi oddi ar ei draed a disgyn wedyn ar ei gefn fel balŵn gwyrdd, fflat.

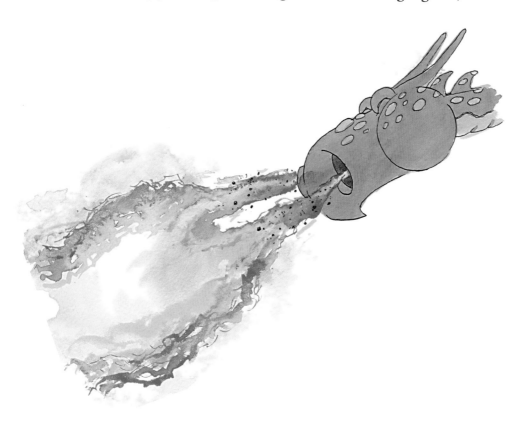

"Gwyrth!" gwaeddodd Ianto a'r pryfed tân o'r twnnel.

"Gwych!" gwichiodd Meurig a'r ystlumod.

"O da iawwwwwwn!" udodd Bari a'r bleiddiaid.

"Sssyfrdanol!" sibrydodd Sulwen a'r Slywod.

Roedd gwres fflam Dwpsi wedi toddi'r aur yn ôl i'r graig ac roedd y lle yn disgleirio yn union fel o'r blaen.

"Does dim byd tebyg i fwstard coch Cymreig i boethi'r anadl," meddai Dwpsi.

Gan roi winc ddireidus a chwtsh i Dewi, diflannodd Dwpsi mewn cwmwl o fwg yn ôl i Ynys Enlli a'i freuddwydion melys.

Yn fuan wedyn agorodd y gofalwr, Ron Auron (â golwg syn ar ei wyneb), ddrysau mawr haearn y mwynglawdd. Fe gafodd y plant a Mr James grwydro o gwmpas yn gwirioni ar y darnau o aur yn disgleirio'n danbaid yng ngolau'r ffaglau tân, heb wybod dim am antur Dewi a'r aur.

Gwenodd Dewi'n falch wrth iddo gofio sut roedd e a'i ffrindiau newydd oedd yn llechu yng nghorneli tywyll y mwynglawdd wedi achub y dydd. Roedd ffrindiau fel y rhain mor brin ag aur ac yr un mor werthfawr.

Ond roedd un ffrind, yn arbennig, yn fwy gwerthfawr iddo nag unrhyw drysor yn y byd i gyd. Gafaelodd yn dynn yn ei chwiban hud gan sibrwd iddo'i hun, "Tan y tro nesa Dwpsi, tan y tro nesa!"